Xiron Poetry Club

磨 铁 读 诗 会

今生此世

仓央嘉措 情歌

仓央嘉措 著

庄晶 译　梅格 绘

内蒙古人民出版社

译者导言

六世达赖仓央嘉措算得上西藏历史上的一位特殊人物，仓央嘉措情歌原来在藏族地区就脍炙人口，二十世纪三十年代初于道泉教授将它附以汉英译文出版之后，更在国内外引起了反响。但是关于这位喇嘛的生平，一直是众说纷纭。坊间市廛，流传着不少有关他的趣闻，给这位历史人物的身上披了一层神秘的薄纱。

一方面是神圣的喇嘛，执掌着当时西藏教政的最高权柄，一方面却又是情种，这实在是一个奇特的形象。对他的身世、作品，特别是结局的探讨，不仅是西藏文学研究的课题，而且对研究当时的政治、宗教、历史等各个领域，都有着一定的意义。

十八世纪的西藏，风云变幻激荡，尤其在五世达赖阿旺罗桑嘉措坐化之后，阶级和民族矛盾发展到了新的高峰，第巴·桑结嘉措与拉藏汗之间的斗争，不仅反映了统治阶级内部的斗争，同时也交叉着中央与地方、西藏与外来势力之间的较量。作为政、教权力的象征，风口浪尖上的仓央嘉措难免成为这种斗争中的牺牲品。他不容于清廷，并非是"行为不检"或"触犯清规"，问题的症结在于他被看成了桑结嘉措势力的象征。"先是达赖喇嘛身故，第巴匿其事……又立假达赖喇嘛以惑众人"[1]，是仓央嘉措的全部罪名。要害在于是第巴所立，至于风流与否，康熙皇帝是不太关心的。

其实冤枉。仓央嘉措虽是第巴·桑结嘉措所立，但并不与第巴同心。他毅然决然地过着一种风流倜傥、不守清规的生活。第巴对此大为恼火，却也无可奈何。这位喇嘛为了争取"恋爱"自由，曾向亲师班禅洛桑益西纳提出还自己的居士戒，大声呐喊，宣之于众，肆无忌惮。他也曾拿着一把刀、一条绳，向自己的摄政表示了"不自由，毋宁死"的决心。这些事在一本叫《六世一切知者仁钦仓央嘉措秘密本生传记》的书中有详细的记载。这书是第巴·桑结嘉措的作品，而且是原稿，未曾公开刊行。算得上是真正的秘传，是重要的第一手材料。因此，我们没有理由怀疑它的真实性。

但是也有一些人认为这位喇嘛的风流韵事不过是游戏三

---

[1] 《清圣祖实录》卷二二七。

昧。形似放荡不羁，实则清静无染。流传着"天天有娇娘做伴，从来未曾独眠。虽有女子做伴，从来没有沾染"的传说。对他的"情歌"，从密宗的角度出发，全都能做出宗教上的解释。典型的一首如：

> 在那东山顶上，
> 升起了皎洁的月亮。
> 娇娘的脸蛋儿，
> 浮现在我的心上。

被解释为修习过程中对本尊的观想。按照坦特罗的法门修习到极高的水平，若达到"真气自在"的境地时，与佛母共同双修，也是密宗师的需要；但在黄教中这并不是一个容易得到的借口。许多材料证明，仓央嘉措的言行举止很难用宗教上的需要来解释。

对于仓央嘉措的生地，材料比较一致。隆多喇嘛说他"生地为沃域松（vog-yul-gsum），或以三湖著名之错那（mtsho-sna）"。自称是他弟子的蒙古族喇嘛阿旺多尔济在《仓央嘉措秘传》（以下简称《秘传》）中说他生于"纳拉沃域松（sna-la-vog-yul-gsum）"。据西藏民院的调查，他"原籍是门隅夏日错所属的派嘎"[1]。错那现在是山南的县，与不丹和印度接壤，那里居住着藏族和门巴族。调查材料说仓央嘉措是门巴族，而过去的文字资料中俱无记载。究竟出自何族，笔者因缺乏充足的证据，不敢妄加黑白。

关于他的家庭出身，《隆多喇嘛全集》和《秘传》中的记载一致：父名扎西丹增，母名次旺拉姆。《秘传》中把他的家族捧得很高，在他父亲的名前冠以旦增二字（即持明僧，密宗师），并说是日增白玛岭巴的曾孙；说他的母亲出于王室。不管真实与否，说他出身宗教世家，得宁玛传承，自然是合乎喇嘛教徒们的需要了。而据西藏民院的调查材料讲，仓央嘉措的"父母是贫苦农民。家境本来贫寒……舅父顿巴和姑母又贪财如狼，夺走了他家仅有的财产和房屋。六岁时父亲去世，他随母亲过活。做过放牛娃……"。这些材料无疑是十分宝贵的，但因缺乏详细的调查说明，有多少传说故事的佐料在内，不得而知，只好暂时存疑了。

仓央嘉措生于清康熙二十二年（1683），不久被第巴·桑结嘉措选为五世达赖的转世灵童。于康熙三十六年（1697）藏历九月

---

[1] 于乐闻：《门巴族民间文学概况 珞巴族民间文学概况》，西藏民族学院科研处编，1979。

七日在浪噶子师从五世班禅罗桑益西剃度受戒。同年十月被迎至布达拉宫司喜平措大殿坐床。法王的冠冕没戴多久，到了康熙四十六年（1707），即他二十四岁时，桑结嘉措为拉藏汗执杀，仓央嘉措也随着被黜，解送北上。

相似的记载到此为止。

关于这位达赖喇嘛以后的命运大致有两种说法。一种认为他于北上途中死于青海湖附近；一种认为那时他并没有死，戏还要继续唱。头一种说法以官方的记叙为代表。《清史稿》载："四十四年桑结以拉藏汗终为己害，谋毒之，未遂，欲以兵逐之。拉藏汗集众讨诛桑结。诏封为翊法恭顺拉藏汗。因奏废桑结所立达赖，诏送京师。行至青海道死，依其俗，行事悖乱者抛弃尸骸。卒年二十五。时康熙四十六年。"[1]若按汉族用虚岁计年，则与前面所引的二十四岁相符。释妙舟所编《蒙藏佛教史》中也说："年至二十有五，敕入觐。于康熙四十六年，行至青海工噶洛地方圆寂。"[2]但不管是"圆寂""道死"还是"抛弃尸骸"，都是比较模糊的讲法，是所谓"活不见人，死不见尸"了。于道泉教授在《第六代达赖喇嘛仓洋嘉错[3]情歌》中讲得比较详细："拉藏汗

---

[1]《清史稿》列传，藩部（八）西藏。

[2] 释妙舟：《蒙藏佛教史》第四篇第三章第七节，文海出版社，1935。

[3] 仓洋嘉错即仓央嘉措。

乃取得皇帝之同意，决以武力废新达赖而置之死地。即以皇帝诏，使仓洋嘉错往北京。而以蒙古卫兵及一心腹大臣伴行。路过哲蚌寺前，寺中喇嘛出卫兵之不意，将仓洋嘉错劫去。卫兵遂与寺中喇嘛开战，攻破哲蚌寺，复将仓洋嘉错夺回，带往纳革刍喀。康熙四十五年（1706）仓洋嘉错二十五岁，在纳革刍喀被杀。而依照汉文的记载则说他到纳革刍喀与青海之间患水肿病而死。"[1]

病死和被害，在国外也有不同的看法。H·霍夫曼（Helmut Hoffmann）说仓央嘉措是"在青海湖附近去世，很可能是凶死。时在1706年"[2]。伯戴煦（L. Pitech）的论述则较为周详，说六世达赖"于1706年11月14日死于公噶瑙湖附近。虽然按意大利传教士的说法，传闻他是被谋害的，但汉、藏的官方记都说他死于疾病。而我以为没有什么充分的理由可以怀疑它的真实性"[3]。在这个问题上，伯戴煦参阅了不少汉、藏文和外文资料，包括于道泉教授的《情歌》在内。其他如贝尔（C. Bell）、柔克义（W. W. Rockhill）等人则是很早就持这种看法的。

---

[1] 于道泉：《第六代达赖喇嘛仓洋嘉错情歌》，国立中央研究院历史语言研究所单刊甲种之五，商务印书馆，1930。

[2] Helmut Hoffmann: The Religions of Tibet Ⅷ, P181.

[3] L. Pitech: China and Tibet in the Early 18th Century Ⅱ, 1973.

总之，道死的说法源于官方记载，而官方和公开的消息则囿于政治上的需要，是难以令人完全信服的。相反的说法，汉文资料见于法尊法师所著《西藏民族政教史》："次因藏王佛海与蒙古拉桑王不睦，佛海遇害。康熙命钦使到藏调解办理，拉桑复以种种杂言谤毁，钦使无可如何，乃迎大师进京请旨。行至青海地界时，皇上降旨责钦使办理不善，钦使进退维艰之时，大师乃舍弃名位决然遁去。周游印度、尼泊尔、康、藏、甘、青、蒙古等处。宏法利生，事业无边。尔时钦差只好呈报圆寂，一场公案，乃告结束。"[1]

牙含章在《达赖喇嘛传》中除了引录上面一段文字外，还提出了新的看法："另据藏文《十三世达赖传》所载：'十三世达赖到山西五台山朝佛时，曾亲去参观六世达赖仓央嘉措闭关坐静的寺庙。'根据这一记载来看，六世达赖仓央嘉措被送到内地后，清帝即将其软禁在五台山，后来即死在那里，较为确实。"[2]

在历代达赖喇嘛中，六世达赖仓央嘉措虽然在位不久，但他正处于西藏政治冲突极其尖锐的时期。政权、民族、宗教，种种矛盾交错，斗争剧烈。作为权力象征的这位喇嘛也就"在劫难

---

[1] 法尊：《西藏民族政教史》卷六第六节，1940。
[2] 牙含章：《达赖喇嘛传》，三联书店，1963。

逃"了。但是这段公案不能单凭几本史籍的记载来解决。关于他的民间传说固然很多，也不能把道听途说的传言作为解决问题的依据。

值得重视的是一九七五年民族社会历史调查中关于内蒙古自治区阿拉善旗的一份报告材料[1]。在这份材料中提供了在当地流行的有关六世达赖的身世的传说。从他坐床直到离藏，大致轮廓和一般文字所载没有很大出入，但对此以后的说法就不同了。传说行抵衮噶瑙后，六世达赖于风雪夜中倏然遁去。先往青海，复返西藏，最后来到阿拉善旗班自尔扎布台吉家（在第一苏木厢根达赖巴嘎），时为康熙五十五年（1716）。六世达赖仓央嘉措三十四岁以后收班自尔扎布台吉的儿子阿旺多尔济为徒，并在当地弘扬佛法。于乾隆十一年（1746），六十四岁时坐化。阿拉善旗有八大寺庙，据说其中著名的广宗寺（建成于1757年，位于贺兰山中）即阿旺多尔济遵六世达赖的遗愿所建。内有六世达赖的遗体，供于庙中七宝装成的切尔拉（塔式金龛）内。尊仓央嘉措为该寺的第一代格根（象上师），名德顶格根。阿旺多尔济任该寺第一代"喇嘛坦"。

---

[1] 全国人代会民族委员会编：《内蒙古自治区巴彦淖尔盟阿拉善旗情况》，1957。

　　贾敬颜先生当年曾在阿拉善旗进行过考察，他告诉笔者：直到"文革"前，广宗寺还保存着六世达赖的肉身塔。五十年代，寺内主持僧尚出示六世达赖的遗物，内中有女人青丝等物。根据在阿拉善旗的调查情况看来，这里有关仓央嘉措后半生的种种说法，恐怕不是凭空捏造的。笔者认为他在衮噶瑙出走后，最后归宿阿拉善旗的可能性极大，或者可以说这是一种到目前为止论据比较充分的看法。

　　对于仓央嘉措的身世和著作，近年来国内外都有述评。但无论持何种看法，尽量多掌握一些材料，多做些调查研究是十分必要的。仅凭借过分大胆的推测、令人咋舌的想象，很难做出科学的结论。笔者曾见过一篇文章，文中为仓央嘉措的一生做了详细的注解。从他的经历、遭遇和心理状态，诸如乡土风物、情海风波、欢乐痛苦乃至如何冲破思想的禁锢，高举反抗的旗帜，全都描绘得活灵活现，令人叹为观止。要写电影和小说，当然可以插上幻想的翅膀，任意在三维空间翱翔。但是若想做科学的叙述，还是需要更严肃一些才是。至于写历史小说，编电影、戏剧，也应在充分地研究历史和现实的各种情况之后，经过深思熟虑，而后才好命笔。

　　说到仓央嘉措的情歌，仍然有许多需进一步研究的问题。首先，于道泉教授已经指出："这六十六节歌，据西藏人说是第六代达赖喇嘛仓洋嘉错所作。是否是这位喇嘛教皇所作，或到底有几节是他所作，我们现在都无从考证。"[1]一方面，木刻本的封面上赫然写着"仓央嘉措诗歌"的标题，我们不能随便加以否定。另一方面，只凭着白纸上的黑字，也难以盖棺论定。在中央民族学院藏语组的存书中，我们发现有一个手抄本的"情歌"，用的是《仓央嘉措诗集》这样的书名。这个手抄本中共录诗歌三百六十余首，其中与拉萨木刻本相同的约五十首。从抄本的文风看来，前后极不统一，大多比较粗糙，内容也杂乱无章。木刻本所录的诗歌虽然多数非常优美，但分析一下内容，也有前后矛盾，甚至水火难容之处。如：

> 默思上师的尊面，
> 怎么也没能出现。
> 设想那情人的脸蛋儿，
> 却栩栩地在心上浮现。

这是合乎仓央嘉措的性格的。但又如：

---

[1] 同第6页注1。

黄边黑心的乌云，

是产生霜雹的根本。

非僧非俗的出家人，

是圣教佛法的祸根。

若说这也是仓央嘉措的作品，岂不是自己是"和尚骂秃驴"了吗？

当然，在木刻本"情歌"中，有一些并非抒情的，甚至是宣扬佛法的内容。但说它的主要内容是"情歌"，仍然是正确的。

同样，在没有充足理由证明它不是仓央嘉措的作品以前，用《仓央嘉措情歌》（或称《仓央嘉措诗集》）为题发表，也是讲得通的。

管窥蠡见，仅供参考。

翻译过程中于道泉和李有义教授处受教甚多，有些疑难问题全赖东嘎·洛桑赤列老师帮助解决，又蒙贾敬颜先生授予材料，介绍情况。在此致谢。

因译者水平有限，译文中舛讹处自属难免，尚祈读者指教。

庄晶

一九八〇年六月二十七日

于中央民族学院

v

ཚངས་དབྱངས་རྒྱ་མཚོའི་མགུར་གླུ།

1 娇娘：藏文为 མ་སྐྱེས་ལ་མ།，有人译作少女或佳人，是对"未生"一语的误解。这个词并非指"没生育过的母亲"即"少女"，而是指情人对自己的恩情像母亲一样——虽然她没生自己。这个概念很难用一个汉语的词来表达。权且译作"娇娘"。（全书均为译注）

在那东山顶上，
升起了皎洁的月亮。
娇娘[1]的脸蛋，
浮现在我心上。

去年栽下的青苗

去年栽下的青苗，
今年已成禾束。
青年衰老的身躯，
比南弓还弯。

若能够百年偕老

心中爱慕的人儿，
若能够百年偕老，
不亚于从大海里面，
采来了奇珍异宝。

邂逅初见的娇娘

[1] 松石，都为碧青色。白色的是劣品。

邂逅初见的娇娘，
浑身散发着芳香。
恰似白色的松石[1]，
拾起来又抛到路旁。

高官显贵的小姐

高官显贵的小姐，
若打量她的娇容美色，
就像熟透的桃子，
悬于高高枝头。

已经是意马心猿

已经是意马心猿，
黑夜里也难以安眠。
白日里又未到手，
不由得心灰意懒。

已过了开花的时光

已过了开花的时光，
蜜蜂儿不必心伤。
既然是缘分已尽，
我何必枉自断肠。

凛凛草上霜

凛凛草上霜，
飓飓寒风起。
鲜花与蜜蜂，
怎能不分离？

这心愿只得放弃

野鸭子恋上了沼地，
一心要稍事休憩。
谁料想湖面封冻，
这心愿只得放弃。

1 西藏的木船船头多刻一马头，面向船尾。

无情无义的冤家

木船虽然无心，
马头还能回首望人[1]。
无情无义的冤家，
却不肯转脸看我一下。

我和集上的姐姐

我和集上的姐姐，
结下了三句誓约。
如同盘起来的花蛇，
在地上自己散开了。

为爱人祈福的幡儿

为爱人祈福的幡儿,
竖在柳树旁边。
看守柳树的阿哥,
请别用石头打它。

怎么擦也擦不掉

用手写下的黑字，
已经被雨水浸掉。
心中没写出的情意，
怎么擦也擦不掉。

印在纸上的图章

印在纸上的图章，
不会倾吐衷肠。
请把信义的印戳，
刻在各自心房。

繁茂的锦葵花儿

繁茂的锦葵花儿，
若能做祭神的供品，
请把我年轻的玉蜂，
也带进佛殿里面。

眷恋的意中人儿

眷恋的意中人儿，
若要去学法修行，
小伙子我也要走，
走向那深山的禅洞。

又回到恋人身边

前往得道的上师座前，
求他将我指点。
只是这心猿意马难收，
又回到恋人身边。

| 默思：佛教术语为观想，即心中想象着自己
所要修的神的形象。

栩栩地在心上浮现

默思[1]上师的尊面，
怎么也没能出现；
没想那情人的脸蛋儿，
却栩栩地在心上浮现。

若能把这片苦心

若能把这片苦心，
全用到佛法方面，
只在今生此世，
要想成佛不难！

1 铃荡子：臭党参，桔梗科的草药。
2 恶途：六道轮回中的畜生、饿鬼、地狱三道。

甘露做曲的美酒

纯净的水晶山上的雪水，
铃荡子[1]上面的露珠，
甘露做曲的美酒，
智慧天女当炉。
和着圣洁的誓约饮下，
可以不堕恶途[2]。

有一位名门闺秀

时来运转的时候，
竖起了祈福的宝幡。
有一位名门闺秀，
请我到她家赴宴。

那目光从眼角射来

露出了皓齿微笑，
向着满座顾盼。
那目光从眼角射来，
落在小伙儿的脸上。

活着决不分离

爱情渗入心底，

"能否结成伴侣？"

"除非死别，

活着决不分离。"

若依了情妹的心意

若依了情妹的心意，
今生就断了法缘；
若去那深山修行，
又违了姑娘的心愿。

1 工布：西藏东部林区，吐蕃九小邦之一，盛产鸣禽。

好像蜜蜂撞上蛛丝

工布[1]小伙的心，
好像蜜蜂撞上蛛丝。
刚刚缠绵了三天，
又想起佛法未来。

若真是负心薄情

你这终身的伴侣，
若真是负心薄情，
那头上戴的碧玉，
它可不会作声。

把我的魂儿勾跑

启齿嫣然一笑，
把我的魂儿勾跑。
是否真心相爱，
请发下一个誓来。

与
爱
人
相
见

与爱人相见，

是酒家妈妈牵的线。

若有了冤孽情债，

可得你来负担。

心腹话没向爹娘讲述

心腹话没向爹娘讲述，
全诉与恋人爱侣。
情敌太多，
私房话都被仇人听去。

情人依楚拉姆

1 拉姆：仙女。依楚拉姆、猎人和诺桑甲鲁是藏戏故事《诺桑王传》里的人物。

情人依楚拉姆[1]，
本是我猎人捉住，
却被权高势重的官家，
诺桑甲鲁夺去。

宝贝在自己手里

宝贝在自己手里，
不知道它的价值；
宝贝归了人家，
不由得又气又急。

心中积思成痨

和我相爱的情友，
已经被人家娶走。
心中积思成痨，
身上皮枯肉瘦。

情侣被人偷走

情侣被人偷走，
只得去打卦求签。
那位纯真的姑娘，
在我梦中浮现。

美酒不会喝完

只要姑娘不死，
美酒不会喝完。
青年终身的依靠，
全然可选在这里。

姑娘不是娘养的

姑娘不是娘养的，
莫非是桃树生的？
这朝三暮四的变化，
怎比桃花凋谢还快？

自幼相好的情侣

自幼相好的情侣，
莫非是豺狼生的？
虽然已结鸾俦，
还总想跑回山里。

爱人一旦变心

野马跑进山里，
能用网罟和绳索套住。
爱人一旦变心，
神通法术也于事无补。

弄得我憔悴难堪

巉岩加狂风捣乱，
把老鹰的羽毛弄乱。
狡诈说谎的家伙，
弄得我憔悴难堪。

黄边黑心的乌云

黄边黑心的乌云，
是产生霜雹的根本。
非僧非俗的出家人，
是圣教佛法的祸根。

表面化冻的土地

表面化冻的土地，
不是跑马的地方。
刚刚结交的新友，
不能倾诉衷肠。

你皎洁的面容

你皎洁的面容，
虽和十五的月亮相仿。
月宫里的玉兔，
性命已不久长。

我们将重新聚首

这个月儿去了，
下个月儿将会来到。
在吉祥明月的上旬，
我们将重新聚首。

中央的须弥山王

1 须弥山：佛经上说世界的中心是须弥山，日月星辰围着它转。

中央的须弥山[1]王，
请你屹立如常。
太阳和月亮的运转，
决不想弄错方向。

请对我发个誓约

初三的月儿光光，
银辉确实清澄明亮。
请对我发个誓约，
这誓可要像满月一样！

若有神通法力

具誓金刚护法，
高居十地法界，
若有神通法力，
请将佛教的敌人消灭。

1 门隅：诗人的故乡。

杜鹃从门隅飞来

杜鹃从门隅[1]飞来，
大地已经苏醒。
我和情人相会，
身心俱感舒畅。

熟了却越发凶恶

无论是虎狗豹狗，
喂点面团就能驯熟；
家中的斑斓母虎，
熟了却越发凶恶。

却摸不透情人的深浅

虽然几经欢会，
却摸不透情人的深浅。
还不如在地上画图，
能算出星辰的度数。

我和情人幽会

我和情人幽会，
在南谷的密林深处。
没有一人知情，
除了巧嘴的鹦鹉。
巧嘴的鹦鹉啊，
可别在外面泄露。

1 琼结：山南重镇，吐蕃故都。谚云：雅龙林木广，琼结人漂亮。

琼结人的模样儿最甜

拉萨熙攘的人群中，
琼结[1]人的模样儿最甜。
中我心意的情侣，
就在琼结人里面。

别说我黄昏出去

胡须满腮的老狗，
心眼比人还机灵。
别说我黄昏出去，
回来时已经黎明。

保密还有何用

入夜去会情人，
破晓时大雪纷飞。
足迹已印到雪上，
保密还有何用？

住在布达拉时

1 日增：或译持明，是对密宗有造诣的僧人的敬称。
2 "雪"：布达拉宫下面的民房。

住在布达拉时，
是日增[1]仓央嘉措。
住在"雪"[2]的时候，
是浪子宕桑旺布。

情人儿柔情蜜意

锦被里温香软玉，
情人儿柔情蜜意。
莫不是巧使机关，
想骗我少年的东西？

过不久就会聚首

帽子戴到头上，

辫儿甩到背后。

这个说："请你珍摄。"

那个说："请你慢走！"

"恐怕你又要悲伤了。"

"过不久就会聚首！"

1 理塘：四川省甘孜藏族自治州的地名。这一首被认为是诗人的预言，后来七世达赖转生于理塘，作为预言的应验。

洁白的仙鹤

洁白的仙鹤，
请把双翅借我。
不会远走高飞，
到理塘[1]转转就回。

1 "业"：在佛教中指一个人生时所作所为。

死后到了地狱

死后到了地狱，

阎王有照"业"[1]的镜子。

这里虽无报应，

那里却不差毫厘。

魂儿已跟她飞去

一箭射中鹄的，
箭头钻进地里。
遇到了我的恋人，
魂儿已跟她飞去。

印度东方的孔雀

印度东方的孔雀，
工布深处的鹦哥，
生地各不相同，
同来拉萨会合。

人们将我指责

人们将我指责，
我只得承担过错。
小伙儿我的脚步，
曾到过女店东的家里。

只要情投意合

柳树爱上了小鸟，
小鸟对柳树倾心。
只要情投意合，
鹞鹰也无隙可乘。

多蒙你如此待承

在这短暂的一生，
多蒙你如此待承。
不知来生少年时，
能否再次相逢。

会说话的鹦哥

会说话的鹦哥，

请您免开尊口。

柳林里的画眉姐，

要鸣啭清歌一曲。

背后凶厉的魔龙

背后凶厉的魔龙，

不管它凶或不凶，

为摘前面的草果，

敢豁出这条性命。

压根没见最好

压根没见最好，
省得神魂颠倒。
原来不熟也好，
免得情思萦绕。

1 这首之后的诗都是按手抄本选译的。

没
有
别
人
知
道 [1]

倾诉衷肠的地方，
在蓊郁的柳林深处。
除了画眉鸟儿，
没有别人知道。

花儿开了又落

花儿开了又落，
情人相好变老。
我与金色小蜂，
从此一刀两断。

朝秦暮楚的情人

朝秦暮楚的情人，
好似那落花残红，
虽然是千娇百媚，
心里面极不受用。

更加情意绵绵

恋人长得俊俏，
更加情意绵绵。
如今要进山修法，
行期延了又延。

知心话说得早了

骏马起步太早，
缰绳拢得晚了。
没有缘分的情人，
知心话说得早了。

一步一步地登攀

往那鹰难山[1]上，
一步一步地登攀。
雪水融成的水源，
在当拉山腰和我相见。

树心已经腐朽

一百棵树木中间，
选中了这棵杨柳。
小伙我从不知道，
树心已经腐朽。

鱼儿放宽胸怀

河水慢慢流淌，
让鱼儿的胸怀放宽。
鱼儿放宽胸怀，
身心都能得平安。

1 "吉吉布尺"：一种画眉鸟的名字，此处为音译。

方方的柳树林里

方方的柳树林里，
住着画眉"吉吉布尺"[1]。
只因你心眼太狠，
咱们的情分到此为止！

飞向门隅多好

山上的草坝黄了，
山下的树叶落了，
杜鹃若是燕子，
飞向门隅多好！

神柏变了心意

杜鹃从门隅飞来，
为的是思念神柏。
神柏变了心意，
杜鹃只好回家。

我那心上的人儿

会说话的鹦鹉，
从工布来到这方。
我那心上的人儿，
是否平安健康？

泪珠像春雨连绵

一双眸子下边，
泪珠像春雨连绵。
冤家你若有良心，
好好地看我一眼！

送你的是多情的秋波

离别远行的时候，
送你的是多情的秋波。
永远以微笑和真情，
把你思念相迎。

翠绿的布谷鸟儿

翠绿的布谷鸟儿，
何时要去门隅？
我要给美丽的姑娘，
寄过去三次讯息。

在四方的玉妥柳林里

在四方的玉妥柳林里，
有一只画眉"吉吉布尺"。
你可愿和我鹦鹉结伴，
一起到工布的东面？

1 巴拉，工布与拉萨之间的一座大山。

心儿像骏马飞奔

东方的工布巴拉[1]，
多高也不在话下。
牵挂着我的情人，
心儿像骏马飞奔。

不会远走高飞

琼结方方的柳林，
画眉"索朗班宗"，
不会远走高飞，
注定能很快相会。

只有请甘露霖雨

若说今年播种的庄稼，
明年还不能收刈，
只有请甘露霖雨，
从天上降下来吧！

不如对她倾心

姑娘美貌出众，

茶酒享用齐全，

哪怕死了成神，

都不如对她倾心。

遇到情人之后

以贪嗔吝啬积攒，
变幻妙欲之财，
遇到情人之后，
吝啬结儿散开。

我和红嘴乌鸦

我和红嘴乌鸦，
未聚而人言籍籍；
彼与鹞子鹰隼，
虽聚却无闲话。

心儿还未抓住

河水虽然很深，
鱼儿已被钩住；
情人口蜜腹剑，
心儿还未抓住。

自己在逐渐成熟

黑业白业的种子，
虽是悄悄地播下，
果实却隐瞒不住，
自己在逐渐成熟。

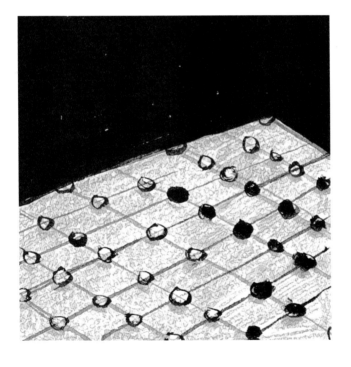

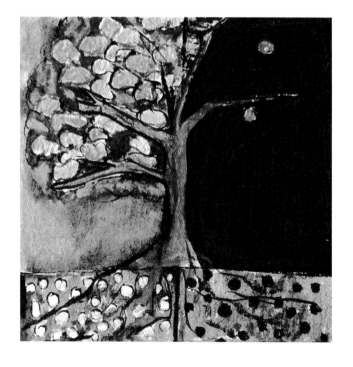

定能白头偕老

达布气候暖和，
达布姑娘长得俊俏。
如果没有无常死神，
定能白头偕老。

风啊，从哪里吹来

风啊，从哪里吹来？
风啊，从家乡吹来！
我年少相爱的情侣啊，
风儿把她带来！

朵朵白云在飘荡

在那西面峰峦顶上，
朵朵白云飘荡。
我那意增旺姆啊，
给我点起祝福的高香。

没有谁能够拆开

大河中的金龟，

能将水乳分开；

我和情人的身心，

没有谁能够拆开。

你若心有诚意

心如哈达洁白，
纯朴无瑕无玷。
你若心有诚意，
请在心上写吧！

赤诚缠绵眷恋相爱

我对你心如新云密集，
赤诚缠绵眷恋相爱；
你对我心如无情的狂风，
一再将云朵吹散。

相逢实在太晚了

蜂儿生得太早，
花儿又开得太迟，
缘分浅薄的情人啊，
相逢实在太晚了。

仅仅穿上红黄袈裟

仅仅穿上红黄袈裟，
假若就成喇嘛，
那湖上的金黄野鸭，
岂不也能超度众生？

向别人讲几句经文

1 三学：戒学、定学和慧学。

向别人讲几句经文，
就算三学[1]佛子，
那能言会道的鹦鹉，
也该能去讲经布道！

有谁能帮你消忧

涉水渡河的忧愁，
船夫可以为你去除；
情人逝去的哀思，
有谁能帮你消忧？

眼睁睁地望着她远去

到处在散布传播，
腻烦的流言蜚语。
心中爱恋的情人啊，
我眼睁睁地望着她远去……

毛驴比马还快

向往心儿倾注的地方，
毛驴比马还快，
当马儿还在备鞍时，
毛驴已飞奔山上。

盼着雨露甘霖

在金黄蜂儿的心上，
不知他是怎样忆想。
我青苗的心意，
却是盼着雨露甘霖。

故乡远在他方

故乡远在他方,
双亲不在眼前,
那也不用悲伤,
情人胜过亲娘。
胜过亲娘的情人啊,
翻山越岭来到身旁。

桃花满目琳琅

一庹高的桃树枝上，
桃花满目琳琅。
请你向我发个誓言，
都能及时结成硕果！

俏眼如弯弓一样

俏眼如弯弓一样，
情意与利箭相仿。
一下就射中了啊，
我这火热的心房！

1 瞿麦：石竹科，土名七寸子，可作洗濯剂。

在那山的右方

在那山的右方，
拔来无数瞿麦[1]。
为的是洗涤干净，
对我和情人的恶意毁谤。

为了与情人结成眷属

为了与情人结成眷属，
点起了虔诚高香。
从那山的左后方，
采来了刺柏、神柏。

柳树未被砍断

柳树未被砍断，
画眉也未惊飞。
玲珑的宗加鲁康[1]，
当然有权去看热闹。

情人啊莫要忧伤

人像木船的马头昂首张望，

心如旗幡猎猎飘荡，

情人啊莫要忧伤，

我俩已被写在命运册上。

从东面山上来时

从东面山上来时，
原以为是一头麋鹿，
来到西山一看，
却是一只跛脚的黄羊。

满渠的流水

满渠的流水,
潴汇于一个池中。
心中如果确有诚意,
请到此池中引水吧!

一去不再回头

太阳照耀四大部洲，
绕着须弥山转过来了；
我心爱的情人，
却是一去不再回头。

那山的神鸟松鸡

那山的神鸟松鸡，
与这山的小鸟画眉，
注定缘分已尽了吧，
中间产生了魔难。

你对我的情分

你对我的情分，

不要如骏马似的牵引；

你对我的恩义，

需要如羊羔似的牧放。

横看竖看都是俊美

浓郁芳香的内地茶，
拌上糌粑就最香美。
我看中的情人，
横看竖看都是俊美。

比鲁顶花更为艳丽

白昼看美貌无比，

夜晚间肌香诱人，

我的终身伴侣，

比"鲁顶"[1]花更为艳丽。

心爱的情人啊

晃摇着白色的佳弓，

准备射哪支箭？

心爱的情人啊，

我已恭候在虎皮箭囊之中。

152

天上没有乌云

天上没有乌云，
地上却刮起狂风，
不要对它怀疑，
提防别的方面。

不用满腹愁肠

江水向下流淌，
终于流至工布地方。
报春的杜鹃啊，
不用满腹愁肠！

由它江水奔腾激荡

由它江水奔腾激荡，
任它鱼儿跳跃徜徉，
请将龙女措曼吉姆，
留给我做终身伴侣。

白色睡莲的光辉

白色睡莲的光辉，
照亮整个世界；
格萨尔莲花，
果实却悄悄成熟。
只有我鹦鹉哥哥，
做伴来到你的身旁。

情人毫无真心实意

情人毫无真心实意，
如同泥塑菩萨一样；
好似买了一匹坐骑，
却不会驰骋飞奔。

幼年相好的情人

乞求喇嘛神圣教诫，
他是会讲授的；
幼年相好的情人，
却不讲真心话语。

核桃可以砸开吃

核桃，可以砸开吃，

桃子，可以嚼着吃，

今年结的酸青苹果，

实在没有办法吃。

图书在版编目（CIP）数据

此世今生：仓央嘉措情歌 / (清) 仓央嘉措著；庄晶译；
梅格绘. — 呼和浩特：内蒙古人民出版社，2021.12

ISBN 978-7-204-16804-0

Ⅰ.①此… Ⅱ.①仓… ②庄… ③梅… Ⅲ.①古典诗
歌—诗集—中国—清代 Ⅳ.①I222.749

中国版本图书馆CIP数据核字(2021)第208797号

此世今生——仓央嘉措情歌

作　　者	仓央嘉措
译　　者	庄　晶
绘　　者	梅　格
责任编辑	张桂梅
书籍设计	周伟伟
出版发行	内蒙古人民出版社
地　　址	呼和浩特市新城区中山东路8号波士名人国际B座5楼
网　　址	http://www.impph.cn
印　　刷	北京盛通印刷股份有限公司
开　　本	787mm×1092mm　1/32
印　　张	6
字　　数	100千
版　　次	2021年12月第1版
印　　次	2021年12月第1次印刷
书　　号	ISBN 978-7-204-16804-0
定　　价	52.00元

如发现印装问题，请与我社联系。联系电话：(0471)3946120 3946173

ཆངས་དབྱངས་རྒྱ་མཚོའི་མགུར་གླུ།

磨 铁 读 诗 会